MI PAPI TIENE UNA MOTO

Isabel Quintero

ilustrado por Zeke Peña

Traducido por Andrea Montejo

Kokila

Mi papi tiene una moto. De él he aprendido palabras como carburador y cariño, taladro y dedicación.

salgo corriendo con nuestros cascos.

Cuando oigo que su camioneta gris se acerca a la entrada de nuestra casa,

Mi papi, que es carpintero, está cubierto de aserrín y huele a un día de mucho trabajo. Sus manos están rugosas de estar construyendo casas todos los días; su trabajo desde que llegó a este país. Pero aunque llega a casa cansado, siempre tiene tiempo para mí.

Al final del día me lleva a dar una vuelta. Hoy, me va a mostrar una de las casas nuevas que está construyendo.

Papi tiene cuidado de no jalarme el cabello mientras me pone el casco.

Cuando me levanta para sentarme en la silla negra y suave, sus manos no se sienten rugosas, no se sienten cansadas. Se sienten como todo el amor que se le hace difícil decir con palabras.

Papi enciende el motor y el olor a gasolina me pega en el momento en que aprieta el acelerador.

¡CON CUIDADO! BE CAREFUL!

El motor retumba y gruñe.

El metal azul brillante de la moto brilla en el cielo.

El sol, el sol, el sol naranja radiante se está acostando y el cielo se vuelve azul y morado y dorado.

Nos convertimos en algo celestial y espectacular volando sobre el asfalto. Un cometa. El aserrín que cae del pelo y la ropa de Papi se transforma en una cola que se extiende detrás nuestro.

Papi zigzaguea por las calles. Pasamos la iglesia de Abuelita y la Tortillería la Estrella, y paramos cuando se nos cruzan los gatos callejeros. Mami piensa que hay demasiados. Pero a mí me parece que apenas hay suficientes.

RICAS Y FRESCAS
ESTRELLA

Pasamos Joy's Market, donde Mami me compra ositos de goma. Mr. García, el bibliotecario, está saliendo por la puerta y nos saluda con la cabeza. Nosotros hacemos lo mismo. Así es como siempre nos saludamos.

Rugiendo, pasamos frente a murales que

cuentan nuestra historia; una historia de cultivos de

cítricos y los inmigrantes que los trabajaron, y de la

famosa carrera de carros que sucedió en el

Grand Boulevard hace cien años.

MEOW
MIAU

OPEN

DON RUDY'S
RASPADOS

Ahora sé que vamos a parar en la tienda de raspados de Don Rudy.

Pero a medida que nos acercamos a la tienda, vemos que está vacía y que ha cerrado.

Noto que Papi está decepcionado.

No seré la única
que lo eche de menos.

Imagino el olor de los dulces
jarabes que don Rudy le echa a sus
raspados.

Seguimos adelante y siento y oigo a todos y todo lo que pasamos.

Cada sonido llega a mis oídos y reconstruye todo el barrio dentro de mí.

No importa qué tan lejos me vaya de este lugar o cuánto cambie, esta ciudad siempre estará conmigo.

Pasamos por la vieja casa amarilla de Abuelito y Abuelita. La que tiene el limonero que creció de la semilla de los limones que abuelito antes recogía no muy lejos de aquí. Mami dice que vamos a visitarlos mañana para recoger nopales y comer albóndigas hechas en la cocina de la abuelita. Donde la comida siempre sabe mejor.

Doblamos la esquina y...

YUM

¡MIJA!

¡ADIÓS, MI REINA!

¡ADIÓS!

¡los perros detrás de las cercas se vuelven locos!

RUFF

WOOF WOOF WOOF

GU

Franky, el labradoodle de los López se escapa del jardín y nos persigue corriendo. Mercedes López, la corredora más veloz de nuestra clase, corre detrás de él.

Entonces, tan rápido como aparecieron, los perros que ladran y Mercedes y Franky se convierten en un suave murmullo en la distancia.

Vamos hasta las casas nuevas que ahora se alzan donde antes estaban los últimos cultivos de cítricos.

Los pintores, los albañiles y los que ponen el piso nos saludan, pero casi no escuchamos sus palabras entre el ruido de los martillos y los compresores de aire.

¿TRABAJANDO DURO, MUCHACHOS?

UN POCO, NO DEMASIADO.

WHACK

Pero incluso con todo ese ruido, la voz de mi papi toca todo.

Esta es mi parte preferida.

En Grand Boulevard, nos inclinamos en dirección de la curva. Imagino que estamos en una de esas carreras que tuvieron lugar aquí hace tantos años. ¡Es nuestra última vuelta y tenemos que ganar! ¡El público nos anima con sus gritos!

Siento la sonrisa de Papi mientras lo abrazo más fuerte.

¡Volamos alrededor del círculo! ¡Ahí está la escuela donde entrenamos fútbol! ¡Ahí está la oficina de correos donde Mr. Charlie recibe nuestras cartas! ¡Y ahí está la panadería donde Papi compra conchas los sábados en la mañana!

¡Aquí está toda nuestra hermosa ciudad!
Mis ojos intentan absorberlo todo, pero los colores de las casas
se mezclan los unos con los otros
rojoazulverdenaranjarosa.

Avanzamos, avanzamos, avanzamos hasta que el brillo azul de la moto empieza a disminuir y nuestra cola de cometa se ha quedado en las calles que hemos transitado. Emprendemos el camino de regreso a casa y poco a poco el motor nos lleva a nuestra calle y a la entrada de nuestra casa: nuestra meta.

Mami y Hermanito oyen la moto y salen corriendo a saludarnos. Igual que un árbitro, Mami nos hace señas para que entremos. Papi y yo no podemos parar de reírnos; la hemos pasado bien.

En medio de nuestras risas, escucho un sonido que se me hace conocido.

Pienso en mi ciudad y en todos los cambios por los que ha pasado. Y en todos los cambios que vendrán.

Pero sé que aquí en nuestra casita, hay cosas que siempre se mantendrán igual.

MAÑANA VOLAMOS DE NUEVO.

NOTAS DE LA AUTORA

Uno de mis más gratos recuerdos de cuando era niña es de cuando mi apá regresaba del trabajo y me subía a la parte de atrás de su moto azul brillante para darme una vuelta por Corona, California, nuestra ciudad. Zeke Peña logró capturar los elementos que habitan en mis recuerdos de infancia —incluso los lugares que han ido desapareciendo como la tortillería y la tienda de raspados— y los puso en sus ilustraciones. Aunque los murales que aparecen aquí son imaginarios, la historia que cuentan es real. En 1931 Corona tuvo su primera carrera en lo que ahora se conoce como el Grand Boulevard, una calle que forma un círculo perfecto alrededor de la parte más antigua de la ciudad. Hoy la gente vive en medio de esa antigua pista (¡de hecho allí fue donde crecí yo!). A un momento dado Corona también fue conocida como la "Capital Mundial del Limón" por todos los cítricos que allí se cultivaban.

Los inmigrantes hicieron casi toda la dura labor de recoger la fruta que llevó al boom de los cítricos, el cual ayudó a establecer la ciudad. En este texto quise honrar a los trabajadores que no sólo construyeron Corona sino gran parte de nuestro país, uno de ellos siendo mi abuelo. Siempre ando pensando en la historia y en el cambio: ¿Quiénes son las personas que construyeron nuestras ciudades y formaron nuestras comunidades? ¿Quiénes son las personas cuyos nombres llevan las calles y quienes son los que pusieron el cemento? Creo que es importante hacerse estas preguntas. Yo me las he hecho desde que soy niña, y aún más desde que soy adulta. En última instancia, este libro es una carta de amor a mi padre, que fue quien me enseñó diferentes formas de experimentar el hogar, y a Corona, California, una ciudad que siempre será parte de mí.

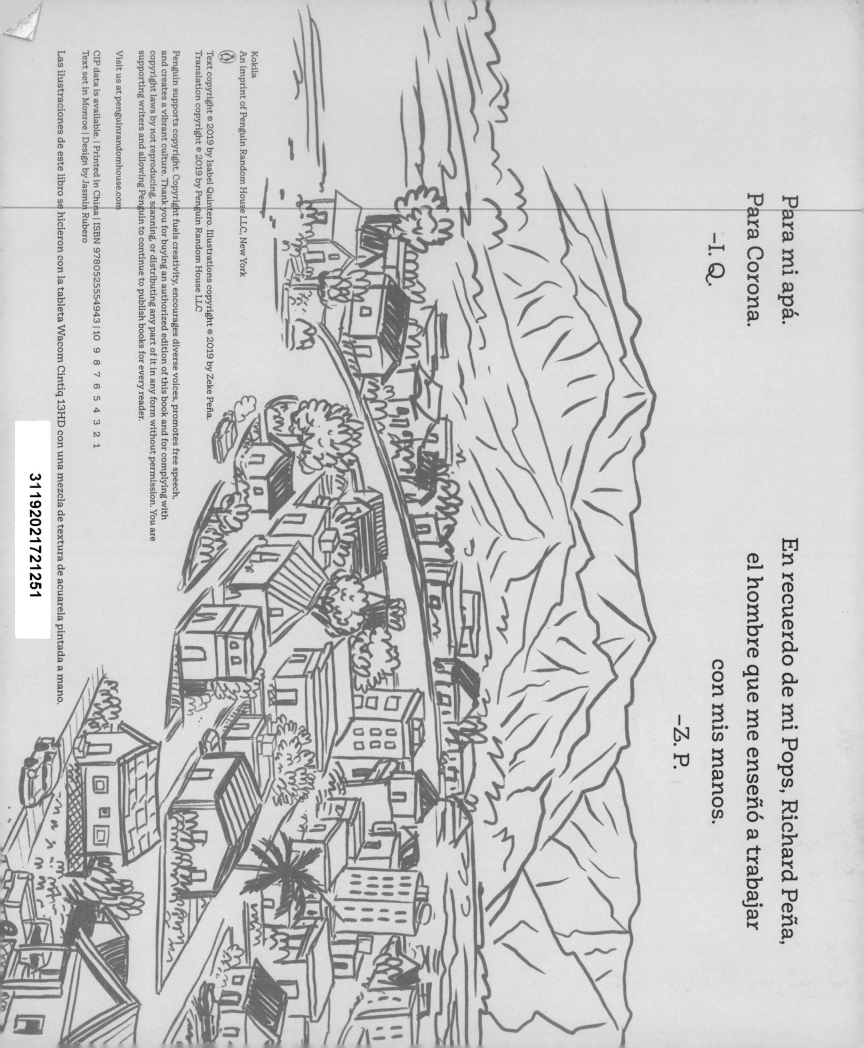

Para mi apá.
Para Corona.

—I. Q.

En recuerdo de mi Pops, Richard Peña,
el hombre que me enseñó a trabajar

con mis manos.

—Z. P.

Kokila
An imprint of Penguin Random House LLC, New York

Text copyright © 2019 by Isabel Quintero. Illustrations copyright © 2019 by Zeke Peña.
Translation copyright © 2019 by Penguin Random House LLC

Penguin supports copyright. Copyright fuels creativity, encourages diverse voices, promotes free speech,
and creates a vibrant culture. Thank you for buying an authorized edition of this book and for complying with
copyright laws by not reproducing, scanning, or distributing any part of it in any form without permission. You are
supporting writers and allowing Penguin to continue to publish books for every reader.

Visit us at penguinrandomhouse.com

CIP data is available. | Printed in China | ISBN 9780525554943 | 10 9 8 7 6 5 4 3 2 1
Text set in Monroe | Design by Jasmin Rubero

Las ilustraciones de este libro se hicieron con la tableta Wacom Cintiq 13HD con una mezcla de textura de acuarela pintada a mano.

3119202172151